课程计划

乔安娜·司徒

一本Storyshares的书

易读难舍

storyshares.org

Storyshares
在全球图书馆中构想新的书架

storyshares.org
费城, 宾夕法尼亚州

国际标准书号 # 9798885974370

storyshares.org

目录

第一章   五

第二章   九

第三章   十三

第四章   十九

第五章   二十一

第一章

这一切都从我生日那天父母给我买了一台新电脑开始。

起初，我用它做作业和研究。然后我发现了网上的游戏。

我上瘾了。

我交的作业越来越不完整。然后吴老师要求见我妈妈。

她给了我一封信让我交给妈妈。我把它弄丢在了我书桌的乱堆里。

但是因为我妈妈是老师，她们在一次教师培训活动上碰见了。

我被抓包了。

我以为妈妈会在晚饭桌上骂我。我肯定她会大喊大叫。

但她只是平静地问："迪伦，你打算怎么处理你的作业？"

我停下来，叉子举到半空中。

这是个陷阱问题吗？我想。她居然在问我的意见？

"你说他没做作业？"我爸爸吼道。

他不想让我成绩下降。他不想我被踢出足球队。他希望我有一天成为著名的足球运动员。如果我们还在中国，我可能会成为。但是在这里，其他孩子根本不关心足球。

"只是有些作业，"我承认。"不过我的考试全都是A。"

我爸爸松了口气。

"太好了，"他说。"我就知道我儿子很聪明。"

我妈妈皱了皱眉头。"那你的老师呢？"

因为她自己也是老师，所以她讨厌任何人不做作业。这是教育工作者的习惯。

"如果你这么担心，为什么不自己做呢？"我问。

我被自己说出口的话吓了一跳。

我妈妈张了张嘴想回答，但什么也没说出来。最后，她放下筷子，看着我。

"好吧，"她说。"但有一个条件。"

"什么条件？"我问。

肯定不是什么好事。她不可能真的同意帮我做作业。而且即使她同意，肯定有法律禁止父母替孩子做作业。

"如果我帮你做一天的作业，"她笑着说，"那么你就要做一天我的工作。"

我盯着她。我等着她笑出来，告诉我她在开玩笑。

她没有开玩笑。

"好吧，"我同意了。"四年级不难。去年我全都得了A。"

"那就成交了，"我妈妈说。

她伸出手让我握住。

第二章

第二天，我把我妈妈的信交给了吴老师。当她看信时，我在玩我的夹克拉链。

"好吧，"她说。"我会给你明天的作业。"

她从她的课程计划书上抄下了作业。

"今晚的作业你还是要做，但可以周一交，"她说。

她笑得有点过头了，把作业交给我的时候。

我几乎没听课。我在想他们对我有何打算。教一群四年级的孩子总不会比每天晚上几个小时的作业更难吧。

放学后妈妈来接我，她让我坐在后座。

"前面那些东西是什么？"我问。

"是你明天需要的一切，"她说。

她在后视镜里看了我一眼。我勉强回了个微笑。

在车库里，我把作业交给妈妈。两张语法练习，两页数学作业，还有一小时的阅读作业。

我妈妈把一堆教师手册放到我手上。有四本是阅读的，一本数学的，还有一本是科学的。最上面是她的课程计划书。

"如果你需要帮助，告诉我，"她说。

"嗯哼，"我哼了一声。

这两堆东西看起来完全不一样。

晚饭后，我在床上打开了课程计划书。看起来是个漫长的一天。

接学生、点名、收作业。

阅读小组、休息、体育、数学、午餐、读书时间、朗读、科学、拼音、布置作业、放学。

第二页是阅读小组的安排表。每二十分钟轮换一次。一个小组用电脑。另一个小组和助教一起学习。还有一个小组独立写日记。

就这些。我抓起那张纸，跑下楼，把它塞到我妈妈面前。

她正在为读书日志看一本小说。

"你是让我带小组吗？"我问。

"不，那是我的日程，"妈妈笑着说。"替代教师的日程在旁边的口袋里。"

我赶紧跑上楼，找到我的新日程表。

看起来几乎一样，只是阅读小组被全班写作取代了。我们会读一本书，比如《好饿的毛毛虫》。然后全班根据这个范例写自己的故事。

这很容易，除了那本无聊的书。

我跑到书架旁，拿出《亚历山大和糟糕透顶的非常糟糕的一天》。这肯定比幼儿书好。我划掉了我妈妈的书，写上了我的书。

然后我逐一检查每个科目。我确保我知道要教什么。

体育课我们可以玩球。

分数和太阳系不难。我能应付。我去年所有课程都是A。

课程计划只花了半小时。晚饭前还有足够的时间。

我跑下楼看电视。

妈妈还蜷在沙发上看书。

"作业没做完前不能看电视，"她说。

我耸耸肩，又上楼去了。我不介意这次交换。

第三章

妈妈让我穿上西装打上领带，准备我的大日子。没什么大不了的。我觉得如果我看起来不像学生，就更容易赢得尊重。

校长肯定也参与了。他向全校宣布我，金老师，今天将是四年级的代课老师。

点名很难。我不会读他们的名字。他们需要有英文名字。

收作业也不容易。四排八个学生。但是每排我都没收到足够的作业，甚至包括空椅子。

"谁没交作业？"我问。"没做的举手。"

我记下了没交作业学生的名字。

"如果你们想学英语，最好做作业，"我用英语说了一遍，又用中文说了一遍。

这是不是妈妈想要让我明白的意思？我想。

不过我已经会英语了。我不需要做作业来拿高分。

二十八个学生盯着我看。我没时间去想自己的问题。

"故事时间，"我说。

一半的学生转过来看我。另一半继续做自己的事。

"看着我，"我说。

我不敢相信这些话从我嘴里出来。我听起来像个幼儿园老师。

我不确定他们是否明白我的意思，还是因为我的语气。我不在乎。我得到了他们的注意。

我打开书开始读。

一只手立刻举了起来。

"什么事？"我问。

"你可以用中文讲吗？"一个扎着辫子的女孩问。

"如果我用中文讲，你们就学不会英语，"我解释道。

尽管如此，我还是尽量表演出来。《好饿的毛毛虫》开始看起来是个好主意。可惜我把它忘在床底下了。

我知道他们不可能根据我选的书写出自己的故事。

所以我们一起写了一个关于凯奇的故事。

"这个故事叫《凯奇和糟糕透顶的非常糟糕的一天》，"我说。

学生们笑了。我很高兴他们注意到我。

"你们觉得凯奇早上醒来时发生了什么？"我问。

十三

一两个学生举起了手。

"如果你想，可以用中文说，"我补充道。

更多的学生举起了手。我叫了六个学生。

"这个怎么样：凯奇把吃了一半的巧克力棒放在睡衣口袋里。她醒来时，巧克力和蚂蚁全都在她身上！"一个学生说。

每次添加一个情节时，我都会叫五六只手。然后我把他们的一个想法加到故事里。到故事结束时，我们的主角凯奇确实过了糟糕的一天。

"我们一起读这个故事吧，"我说。

我指着字读出故事。能读的学生跟着读。然后我发了有横线的纸。

"现在，你们写自己的故事，"我说。"在标题中使用你们自己的名字。你们可以在标题中用'糟糕'的不同同义词。你们也可以抄黑板上的故事，但记得换成你自己的名字。"

这实在是太容易了。不过这时一个男孩，伟旭，举起了手。

"'罗西'怎么写？"他问。

"什么？螺丝刀？"我问。"你能说出完整的句子吗？"

"哎头英宇这克罗西'，他说。"

这听起来像来自另一个星球的语言。

"有人知道他说什么吗？"我问。我环顾教室。

"他说的是台山话，"另一个学生说。"他说的是'吾头顶有只老鼠'。"

我笑了笑，在黑板上写下了"我的头上有只老鼠"。

第四章

课间休息很有趣。

我加入了他们的四方格游戏。就在我成为国王时，两名三年级学生的争吵把我拉走了。

"你打出了界，"其中一个说。

"不，我打在了线上，"另一个说。

"是出界了，"第一个学生争辩道。

"没有，"另一个说。

"你们可以重新比赛，" 我解释道。

"可这不公平，" 他们俩都抱怨。

我花了整个课间休息时间阻止打架。我本想让他们玩一整上午。但是伍老师带着她的班级来了。

她向我竖起了大拇指，当我的学生排队回到教室时。

数学课是一场噩梦。

我读了昨晚作业的答案。有一个学生坚持说我错了。

"不可能错，" 我说。"这是从教师手册上得来的。"

那个学生，奎妮，不肯放弃。

"我爸爸帮我做的题。他说答案是三又二分之一，" 她说。

"好吧，好吧，" 我说。"上黑板写出来给我看。"

她仔细地在黑板上写下了五又三分之一减一又

五分之五。当我发现教师手册上错了时，我惊讶不已。

当我解释为什么答案错了时，我的脸红了。

教师手册都错了，何必有它呢？我想。

然后我发现有些学生不懂分数。

"你不能把分子和分母相加，"我第五次解释给德豪听。

当我站在他旁边时，他还好。但当我绕教室一圈回来时，他的答案就乱七八糟了。

"你去年没学过这个吗？"我问。

"我去年读二年级，"德豪小声说。

"你为什么跳级？"我问。

肯定不是因为他的数学好。

"因为我十岁了，"德豪说。

我肯定是一脸困惑。

"他们按年龄分班，" 奎妮解释说。

我还没想好怎么回答时，午餐铃响了。

花生酱果酱三明治不够撑过剩下的时间。我感觉这些孩子把我全身的力气都吸干了。

我带着超人午餐盒走进了教师休息室。

老师们抬头笑了笑。

"今天怎么样？" 二年级的伍老师问。

"还没听到什么大喊大叫，" 教室对面的方老师说。

"大喊？" 我问。

"你妈妈常常大喊，" 方老师说。"幸好她的两个大头疼今天缺席。"

我勉强笑了笑。

第五章

读书时间我没怎么读书。相反，我像个警察一样在教室里巡逻。

他们说话的时间比读书的时间多。

那些在读书的学生翻书比看电影还快。我不得不禁止学生在十五分钟时间内换书。

很快，我在选书上越来越有经验。当学生用中文复述原故事后，我读了《三只小猪的真实故事》。

等到科学课时，我感觉已经做好了充分准备。

"让我们看看大家还记得九大行星吗？"我说。

"刘老师说现在只有八个，"奎妮说。

"是的，去年其中一个被降级了，"我说。"你知道是哪一个吗？"

"明王星，"她说。

我不知道这个翻译是对是错。

"答案是冥王星，"我说。

"如果我们的太阳爆炸了，会发生什么？"德豪问。

"我不知道，"我慢慢地说。"但可能要等到你死了才会发生。"

"墨西哥湾漏油怎么办？"伟旭问。"现在会影响我们吗？"

"这是个好问题，"我同样慢慢地说。

不过这也没给我足够的时间想出答案。

"你想过你打算怎么让世界变得更好吗？"奎妮

问。

　　问题太多了，而我没有一个答案。

　　"我告诉你们一个小秘密吧，"我说。"我才五年级。我不知道所有的答案。"

　　"我们早就知道了，"奎妮说。

　　"你知道？"我问。

　　"刘老师说你要来教我们，"奎妮说。"她说你会教我们很多东西。"

　　"刘老师说你不喜欢做作业，"德豪说。"但你可以帮我们找到很多问题的答案。"

　　我仔细想了想。

　　"我们可以通过一点研究来了解墨西哥湾漏油的影响，"我说。"大家都知道怎么上网搜索吗？"

　　一些学生点了点头。

　　"我们还需要了解石油对环境的影响，"我说。"我妈妈的课堂图书馆里应该有一大堆关于环境的书。"

"我来找，" 德豪说。

科学课的剩下时间就在学生分组研究中消失了。

放学铃响十五分钟后才解散。课后老师和五位家长耐心地在外面等着我讲作业。

那个周末，我在周六早上就做完了所有自己的作业。但我一直在电脑上忙碌，直到周一。

我和妈妈四年级新人班的几个学生聊了聊。我不得不使用我的旧中英字典来弄清楚他们在说什么和问什么。我帮他们做项目，做研究。

之后，我甚至惊讶地自己做了一些研究。

"怎么成为一名教师……" 我打字道。

www.ingramcontent.com/pod-product-compliance
Lightning Source LLC
Chambersburg PA
CBHW071231170626
46809CB00005BA/2037